AMUSE-TÊTES

par

Daniel Dussault

Introduction

Des Amuse-Têtes comme il y a des amuse-gueules, c'est-à-dire des petites bouchées pour nous préparer au plat principal… qui dans ce cas-ci ne viendra jamais. Mais chaque chose a son propos, chaque chose a son temps qui lui est imparti. Néanmoins, ces Amuse-Têtes existent pour vous ouvrir la pensée, vous stimuler, vous donner à réfléchir ou à rire parfois. Nous laissons à d'autres les fresques et les œuvres qui ressemblent à des cathédrales. Chacun son domaine où il excelle ou pas.

Ligne de temps

 - Comme je te l'écrivais hier, je ne sais jamais comment et quand il va apparaître...

À ce moment, Jean sent une présence derrière lui, le temps de se retourner et il reçoit une baffe d'un gros personnage qui disparaît aussitôt.

Il revient au clavier.

- Pourrais-tu me le décrire? demande Amanda.

- Il a environ seize ans, quelques poils au menton qui lui fait une sorte de moustache, il est petit et rond. Il porte souvent une chemise rouge.

- Non, c'est pas possible ! C'est Éric, le jaloux que je fréquentais à notre école.

J'en déduis que mon amour pour Amanda a fait revenir ce fantôme d'un autre espace-temps.

Amant, "à" m'en donne, Amanda pour mon argent.

Ce sera le prochain épisode de Docteur Who.

Yuja Wang : sexy Rachmaninov

Le Concerto Numéro 3 de Rachmaninov en ré mineur mais les personnes majeures peuvent aussi l'écouter, surtout ceux qui apprécieraient la beauté de la jeune interprète Chinoise, Yuja Wang.

C'est à trente ans que les femmes sont belles, la belle est dans sa trentaine et elle est si inspirée dans son interprétation suivant les vagues que dessinent Rachmaninov quand, après une séquence calme, tout s'emballe de nouveau dans un délire de notes.

Qui dans le monde peut jouer ces concertos? Une poignée de personnes. C'est unique et incroyable.

Espérons qu'il y aura toujours de jeunes musiciens qui sont prêts à dédier leur vie pour pouvoir jouer ces chef-d'œuvres du répertoire.

Le thème du début est tout simple. Rachmaninov aime bien quand les violons lyriques jouent en symbiose avec le piano.

Et notre belle Yuja de se tortiller sensuellement sur son banc, on dirait parfois qu'elle est proche de la jouissance.

À la fin, elle se lève en sueurs, et sa robe est collée à son jeune corps qu'elle plie en deux pour saluer dans un don ultime.

Merci Yuja !

Le jeu de Légo

 Drôle de rêve, lié à l'ego, le jeu de Légo? On dirait que la vie fabrique des situations qu'on interprète selon sa problématique de base.

Le jeu de Légo qui s'écrie sans doute sans accent, c'est scandinave, je crois.

C'est effectivement un jeu de petits blocs si on accrédite la conception bouddhiste ou de l'Advaita qui voient notre Ego comme étant formé de tendances séparées, de désirs, de souvenirs de vies antérieures (si on y croit). Et cet ego étant sans fondement réel, sans centre qui pourrait choisir et décider selon un libre arbitre qui n'existe pas puisqu'il n'y a personne pour vraiment décider, une tendance chassant l'autre, ou en contradiction avec son désir de la veille.

Qui était-il vraiment, se demande-t-on, après avoir lu la biographie de telle personne? On n'arrive jamais à le savoir vraiment, bien qu'une saveur, une impression, arrivent parfois jusqu'à nous, un caractère qui est en fait la force de l'habitude, ou ce qu'on croit être nos "valeurs", notre moi profond : "Moi, je..."

Le mystère de la musique est comme le mystère de la vie elle-même.

 Mais qu'est-ce donc que la musique? Quand y a-t-il musique?
Il y a musique quand les gens qui l'entendent écoutent.

Il se crée une zone de silence pour entendre. L'auditeur se fond avec les mouvements de la musique et est emporté par le flot des notes sur la portée du temps.

Un phénomène semblable doit se produire au théâtre quand, soudainement, on arrive à un sommet de l'intrigue et que les spectateurs deviennent attentifs à la révélation attendue.

Pensons aussi à l'instant poétique qu'a décrit tous les poètes, Baudelaire, entre autres, quand le corps, la conscience et la nature sont en harmonie et que tout parle à notre moi qui, pour un bref instant, est comme dissolu dans le paysage.

Ici, citation d'un poète :

Votre âme est un paysage choisi

Que vont charmant Masques et

Bergamasques.

Questionnaire de Marcel Proust

Questionnaire

de Marcel Proust

1. Le principal trait de mon caractère ?

Le manque de caractère. L'indécision.

2. La qualité que je préfère chez un homme ?

3. La qualité que je préfère chez une femme ?

4. Ce que j'apprécie le plus chez mes amis ?

5. Mon principal défaut ?

Exister.

6. Mon occupation préférée ?

Dormir profondément. Et n'avoir aucune obligation.

7. Mon rêve de bonheur ?

Incommensurable et indicible.

8. Quel serait mon plus grand malheur ?

 - Être le sosie de Rocco Siffredi et posséder un micro-pénis.

9. Ce que je voudrais être ?

Un génie. Celui qui exauce les voeux et le génie qui réconcilie la physique quantique et newtonienne.

10. Le pays où je désirerais vivre ?

Celui de l'éternel été avec un corps de vingt ans.

11. La couleur que je préfère ?

Le vauve mais dleu.

12. La fleur que j'aime ?

La marguerosepissenciel.

13. L'oiseau que je préfère ?

Jeudi.

14. Mes auteurs favoris en prose ?

Baudelaire, Chateaubriand.

15. Mes poètes préférés ?

 Premier niveau : Baudelaire, Rimbaud, Aragon, Ferré.

Deuxième niveau : Mallarmé, Verlaine.

Troisième niveau : Georges Moustaki, Pierre Delanoë, Jean-Pierre Ferland, Gilles Vigneault.

16. Mes héros favoris dans la fiction ?

17. Mes héroïnes favorites dans la fiction ?

18. Mes compositeurs préférés ?

Beatles, Pink Floyd, Genesis, Prokofiev, Ravel.

19. Mes peintres favoris ?

 Premier niveau : L.deVinci, Vermeer, Bouguereau, Ingres et Dali.

Second étage : Van Gogh, Renoir, Picasso.

Troisième niveau : Mucha, Klimt...

J'en oublie sûrement.

Détester. Le snobisme de classe.

En réalité, il n'y a qu'une seule personne qui voit l'univers et chaque personne pense être celle-ci à la façon des fractals.

Le traité de paix.

Voler... dans les airs.

Le mystère de la musique est comme le mystère de la vie elle-même.

Celles des enfants de deux ans. Mais attention ! à partir de trois ans : zéro tolérance !

À quelque chose malheur est bon.

Mais, tout en sachant que "L'homme est une passion inutile". Sartre

Un oiseau qui vole

Un oiseau qui vole :

C'est un miracle.

Et un avion?

Aussi.

Les Quatre Cornichons, de Vivaldi

 Les Quatre Cornichons, le fameux concerto de Vivaldi, ne se démode pas.

Il y a le Cornichon blanc, le Vert, le Bleu et le Rouge.

Chaque Cornichon représente une saison, d'où cet autre nom donné à ce concerto, Les Quatre Saisons.

Il était joué par le groupe de jeunes filles dont ce moine, Antonio Vivaldi, avait la responsabilité. C'est louche ! On dirait le scénario d'un film porno.

Il leur apprenait à jouer le violon, instrument difficile s'il en est un !

Mais comment faisaient-elles pour s'accorder?

C'est parfois difficile même maintenant.

Cela dit, si on arrive à en tirer quelque chose, le violon a un merveilleux son que je rapproche du cuir... Je ne sais pas pourquoi, ou du cuivre?

Il possède un bon volume itou, malgré ou à cause de sa petitesse.

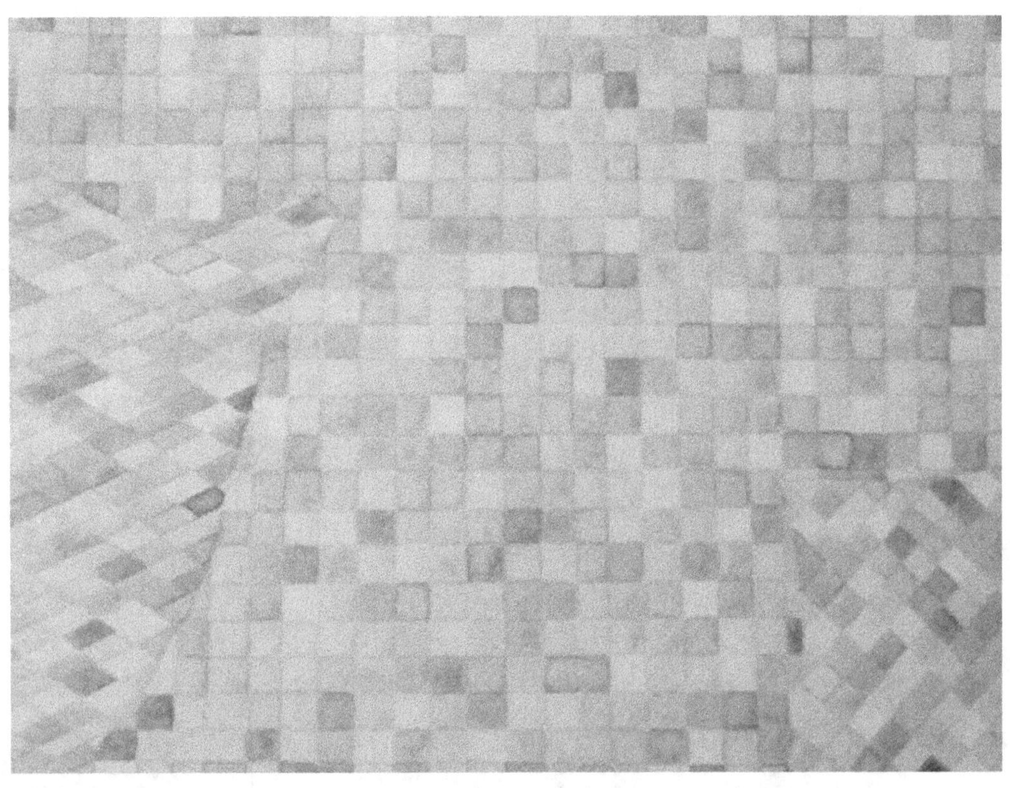

Quand j'Habitais sur la Terre

On est entré chez lui et on l'a retrouvé mort dans son lit.

Il était mort depuis une semaine.

Il y avait un livre à la poste pour lui, un colis d'Amazon.

Apparemment, il publiait depuis un certain temps.

"Quand j'Habitais sur la Terre" n'est pas vraiment un récit autobiographique, mais une suite de courts textes, des récits, des historiettes, des poèmes, agrémentés de dessins et de photos.

Quelle merveilleuse personne qui est disparu un peu oublié comme des millions d'autres personnes avant lui, des millions ou des milliards.

Les anonymes qui travaillent à Hong Kong ou à Singapour. Ou bien dans ces villes laborieuses où les gens sont laids et bruns, ou primitifs et primaires.

Ils habitent de minuscules appartements, survivent plus qu'ils ne vivent.

Ainsi va la vie humaine.

D'autres auront construit les pyramides ou la muraille de Chine et auront disparu ne laissant que leur labeur lilliputien comme trace de leur passage.

Souvenirs d'un...

Le soir, j'allais sur le bord de la rivière.
Je trouvais un coin tranquille pour fumer un joint et ensuite je me dirigeais vers la rivière.

Il y avait un genre de petit parapet et plus bas, on pouvait contempler les canards qui pataugeaient dans une eau boueuse.

En allant sur les côtés, bordés par la végétation, on pouvait s'asseoir sur une pierre.

Ce que j'avais l'intention de faire ce soir-là, mais par maladresse ou par l'effet du cannabis, ou à cause des deux, je glissai et me retrouvai dans la mare aux canards.

J'aurais pu me tuer. Je ne sais pas combien de temps, j'y restai, j'ai perdu conscience. Puis j'ai essayé de me redresser et j'étais comme paralysé.

Pendant un moment, j'étais Christopher Reeve. Je m'imaginais dans un fauteuil roulant pour le reste de mes jours et de mes nuits, et dépendant de mon entourage.

Le soir tomba et j'étais encore dans la mare aux canards, incapable d'appeler au secours.

À un moment, je vis la Lune qui se levait, puis, de nouveau, je retombai dans les pommes.

Ce n'était pas ma soirée idéale !

Ensuite, je me suis senti entraîné et flottant. Il faisait nuit noire, je ne distinguais que les nuages à la lueur de la Lune.

Bizarrement, je me sentais assez bien comme dans un rêve.

Vraisemblablement, la marée avait monté et j'avais été porté par les flots jusqu'au milieu du fleuve. Le paysage me paraissait immense.

Un navire qui chargeait des conteneurs, énorme, me heurta de plein fouet et la force de son hélice m'attira et me déchiqueta en pièces détachées.

Oui, maintenant je savais que la vie était un rêve, et je m'éveillai pour écrire les "Souvenirs d'un esprit."

Coupable, forcément coupable

J'imagine une balade dans le petit paradis végétal où je suis seul, où je peux m'isoler et être dans la nature.
Ah ! Cette merveilleuse nature qui revient à chaque printemps et qui fait pousser les herbes, les pissenlits, les fleurs. Celles qui attirent les insectes et les oiseaux.

Ce jardin aux mille nuances de vert.

Les herbes atteignent une bonne hauteur et montent à mi-hauteur du mollet.

J'imagine une balade et un jour mon pied heurte un objet inerte et cet objet est un autre pied humain.

Bien fondu dans l'herbe un corps inerte, la face tournée vers la terre qui l'accueillera en son sein pour l'éternité.

Scénario un : je reviens vite, vite à la maison et je fais comme si je n'avais rien vu, et je ne retourne jamais à cet endroit.

Scénario deux : j'agis en bon citoyen et je préviens la police avec la peur saugrenue de passer pour celui qui est responsable de ce macchabée.

(Le titre est emprunté à Marguerite Duras.)

Où sont les Elon Musk femmes?

- Août 13, 2023

Je discute avec une amie à propos de l'IA, de l'intelligence artificielle.

Moi, je trouve que c'est fascinant.

Mon amie, par contre, ça ne l'intéresse pas du tout pour le moment.

J'y vois une des grandes différences entre les hommes et les femmes.

Les hommes, en général (on discute toujours des choses en général sinon on ne pourrait rien dire), donc, les hommes, en général, aiment la technologie, l'électronique, les ordinateurs, les télés, la mécanique.

C'est comme ça.

Nous aimons comprendre comment telle chose fonctionne ou la faire fonctionner jusqu'à plus soif.

Je parie que c'est 80% d'hommes qui font voler des drones. On peut en dire autant de domaines comme la musique. Les passionnés de guitare sont à 90% des hommes. C'est sûr qu'il y a des femmes guitaristes.

Même cas de figure dans le monde de la vidéo ou du cinéma, des domaines qui inquiétait la Gestapo féministe ; "Quoi ! Comment osent-ils nous exclure?"

Donc, la patrouille rose a piraté la série des "Stars Wars" et l'a gâchée avec des personnages féminins qui n'intéressent ni le public cible habituel de Stars Wars ni le public féminin qui a un intérêt minime pour ce genre de films (la science-fiction).

Où sont les Elon Musk femmes? On ne sait pas, elles attendent les dividendes, sans doute.

Mais, évidemment, les femmes ont d'autres merveilleuses qualités mais, pour l'innovation, on repassera.

L'Intelligence artificielle peut-elle développer une conscience?
- août 17, 2023

 Les matérialistes pensent que notre conscience est créée par notre cerveau, on ne sait trop comment.

C'est une conscience qui a une base de carbone.

Par conséquent, pourquoi une intelligence dont la base matérielle est le silicone ne pourrait pas développer une conscience?

Le sait-on vraiment? Qui sait ce qu'est la conscience ?

D'un point de vue "spiritualiste", tout est conscience même le pot de fleurs, alors pourquoi pas une mémoire d'ordi?

Toutefois, les spiritualistes, traditionnellement, attribuent à l'humain plusieurs corps qui le relient à l'univers ; une intelligence froide aurait-elle le même lien ou serait-elle un monstre froid?

Quand on la crée, cette IA, on devrait éviter tout ce qui pourrait la rattacher à un instinct de survie ou à de fausses émotions comme les androïdes de Blade Runner, pour éviter les scénarios à la Terminator.

Qui sait comment l'IA se développera, cependant c'est passionnant. L'être humain a déjà eu cette impression, mais nous vivons une époque charnière passionnante : nous sommes dans la science-fiction.

Je pense donc j'écris

 Vivons-nous dans une simulation? Je trouve plus convainquant le concept de ligne de temps qui est soutenu par la théorie quantique.

C'est une perte de temps ces spéculations pseudo-scientifiques? Peut-être, mais un esprit curieux s'intéresse à tout.

On dirait que ces théories sont dans l'air avec la création de l'Intelligence artificielle.

Tokyo, Japon, il y a un quartier chaud. Bizarrement, il y a un certain nombre d'Africains dans ces quartiers qui sont... portiers de nuit (?- "bouncers"). Ils sont partout ces envahisseurs !

Avec un milliard de Chinois, d'Indiens, de Sud-Américains et d'Africains, les Caucasiens (les Blancs) vont devenir une minorité.

Comment va-t-on être considérés comme minoritaires? Massacrés comme les fermiers en Afrique du Sud? Citoyens de seconde zone, des dhimmis à la "mosselime"?

 Sera-t-on aussi généreux avec nous que nous l'avons été avec eux? Les milliards que les

Occidentaux ont donnés à l'Afrique, pour rien dit-on...

Plus jeune, on parlait d'acheter des petits Chinois pour l'aide populaire...

Le Québec a d'ailleurs accueilli généreusement 70 K réfugiés Vietnamiens... les Haïtiens.

Aucune reconnaissance particulière de ces gens. Qui sont les gangs de rue à Montréal? Bientôt Québec? J'entends souvent des feux d'artifices dans mon quartier, signaux de gangs de rue?

Comme on demande de plus en plus un cell pour s'inscrire dans des sites, ce n'est pas impossible que je change d'un fixe à un cell. Je prendrais le minimum comme je ne reçois pratiquement jamais d'appels...

Personne ne m'aime vraiment... Je plaisante.

Dommage que la carrière d'Ardisson soit terminée, on ne peut plus voir d'émissions animées par Thierry A. Il avait un ton, mais les années 80 permettaient ce genre d'attitude. Aujourd'hui, la vie parisienne semble avoir changé avec le remplacement de la population...

Les Survivalistes

 J'écoutais le dernier direct du survivaliste Suisse, Piero San Giorgio.

Les gens qui prévoient l'effondrement économique le font depuis des lustres et ça n'arrive jamais.

Pourquoi les capitalistes feraient-ils échouer cette vache à lait?

Je vois plutôt un long délitement de la qualité de vie, comme en France ou en Suède où la population de remplacement n'assure plus la maintenance que demande une société évoluée.

En plus de nuire à la cohésion sociale, les actes d'incivilités se multiplient sans parler du terrorisme.

Mon royaume n'est pas de ce monde, comme disait l'autre. Quelle serait la condition idéale?

En réalité, rien ne se passe vraiment.

On maintient juste un semblant de continuité historique dans la fiction que l'on entretient dans sa "cabeza".

Les écureuils

Voilà un animal qui est à l'affût !

Toujours à la recherche du prochain lunch pour nourrir son petit corps nerveux.

Parfois se laisse approcher, s'il sait que vous avez des friandises à lui jeter. Alors, ils se mettent en meute pratiquement.

Il existe en Amérique du Sud, un animal semblable, plus gros que l'écureuil : c'est le coati, je crois, animal que j'ai vu à Iguaçu en Argentine .

En fait, ce sont tous des genres de rats mais dont on a moins peur instinctivement.

L'écureuil sait grimper dans les arbres.

S'il mangeait des pommes, il pourrait se régaler ces temps-ci, en septembre.

Il est omnivore, paraît-il.

L'écureuil survivrait-il à un météorite?

Divers du Dimanche

Vivons-nous dans une simulation? Je trouve plus convainquant le concept de ligne de temps qui est soutenu par la théorie quantique.

C'est une perte de temps ces spéculations pseudo-scientifiques? Peut-être, mais un esprit curieux s'intéresse à tout.

On dirait que ces théories sont dans l'air avec la création de l'Intelligence artificielle.

Tokyo, Japon, il y a un quartier chaud. Bizarrement, il y a un certain nombre d'Africains dans ces quartiers qui sont... portiers de nuit (?- "bouncers"). Ils sont partout ces envahisseurs !

Avec un milliard de Chinois, d'Indiens, de Sud-Américains et d'Africains, les Caucasiens (les Blancs) vont devenir une minorité.

Comment va-t-on être considérés comme minoritaires? Massacrés comme les fermiers en Afrique du Sud? Citoyens de seconde zone, des dhimmis à la "mosselime"?

Sera-t-on aussi généreux avec nous que nous l'avons été avec eux? Les milliards que les Occidentaux ont donnés à l'Afrique, pour rien dit-on...

Plus jeune, on parlait d'acheter des petits Chinois pour l'aide populaire...

Le Québec a d'ailleurs accueilli généreusement 70 K réfugiés Vietnamiens... les Haïtiens.

Aucune reconnaissance particulière de ces gens. Qui sont les gangs de rue à Montréal? Bientôt Québec? J'entends souvent des feux d'artifices dans mon quartier, signaux de gangs de rue?

Comme on demande de plus en plus un cell pour s'inscrire dans des sites, ce n'est pas impossible que je change d'un fixe à un cell. Je prendrais le minimum comme je ne reçois pratiquement jamais d'appels...

Personne ne m'aime vraiment... Je plaisante.

Dommage que la carrière d'Ardisson soit terminée, on ne peut plus voir d'émissions animées par Thierry A. Il avait un ton, mais les années 80 permettaient ce genre d'attitude. Aujourd'hui, la vie parisienne semble avoir changé avec le remplacement de la population...

La plupart des gens croient qu'ils ont un moi, un centre, qui est le lien dans leur vie.
Ils sont le même individu de zéro à soixante ans ou jusqu'à la fin de leur vie.

"Madonna est une salope, défigurée par la chirurgie et dont la musique ne passera pas la barrière du temps."

C'est le genre de discours qu'on pourra entendre dans ce talk-chiotte qui fera un malheur pendant six mois, un peu comme "Touche pas à mon poste" en France, une émission qui dure dont l'animateur est payé 50 millions d'euros par année.

Toujours à la limite de la diffamation, le show dira tout haut ce que les gens pensent tout bas.

Dans cette période de wokisme, voilà qui est rafraîchissant ! Les spectateurs en ont marre de ces émissions formatées où on se renvoie l'ascenseur du showbiz pour vendre ses trucs.

LE BABY-DOLL

En français, on l'appelle nuisette, un joli mot.

Créé par une femme d'après Wiki.

History[edit]

The creation of the super-short nightgown is attributed to the American lingerie designer Sylvia Pedlar, who produced them in 1942 in response to fabric shortages during World War II.[1] Although her designs became known as "babydolls", Pedlar disliked the name and did not use it.[1]

The name was popularized by the 1956 movie *Baby Doll*, starring Carroll Baker in the title role as a 19-year-old nymphet. This marked the beginning of the enduring popularity of the style for adults. Babydoll pajamas in the 1950s through the 1960s consisted of a top and a loose fitting short bloomer bottom with elasticized waist and legs. In the 1970s through the 1990s, the bloomer bottom was replaced by closer fitting briefs with elastic waist and legs. The most recent versions of babydoll pajamas have eliminated the elastic on the legs, the bottoms being either shorts or tap pants.

Babydolls became a prominent part of the "kinderwhore" look during the early-to-mid-1990s, due to the popularity of riot Grrrl and grunge performers such as Courtney Love and Kat Bjelland.

Le film

Je ne connais pas le film. Je suis sûr qu'il est bien.

Caroll Baker a continué sa carrière en Italie, où elle a découvert sa sensusalité, comme Jane Fonda dans les années 70.

Elle aurait dû rester dans les mémoires comme sexe-symbole.

Elle s'est même mise à poil pour notre plus grand plaisir.

Pour revenir au baby-doll, j'aime bien les versions plus anciennes, si je compare aux modernes comme ceci :

Les versions années 60 ont quelque chose de plus vicieux, interdit :

Les strips-teaseuses du burlesque devaient aimer ces lingeries fines.

La co-animatrice Vanna White avait posé pour de la lingerie. cela avait créé un mini-scandale et tout le monde avait apprécié.

Faites vos recherches!

On imagine mal l'équivalent masculin.

Le mini-maillot peut-être :

C'est mieux tout nu.

Jouer du piano est comme danser avec les doigts.

Tout le monde sera célèbre, le temps d'un selfie.

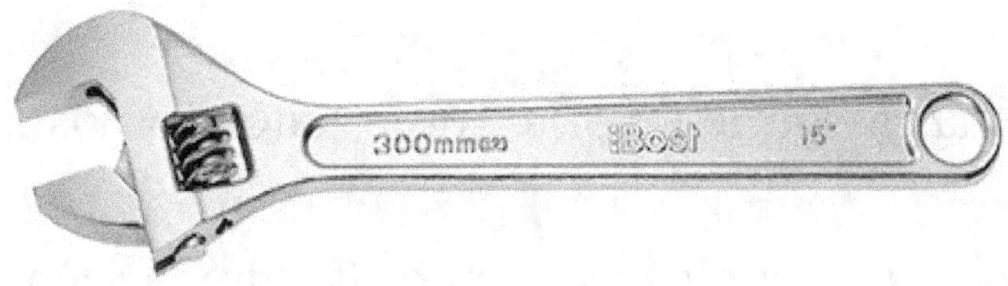

Je ne nagerais pas nu dans un lac poissonneux : je ne veux pas servir d'hameçon.

Rétro ou vintage, c'est ma catégorie favorite sur les sites pornos... avec l'âge.

Même s'il y a des longueurs, c'est plus excitant d'attendre la scène que de tout de suite plonger au coeur du vagin.

De plus, les "actrices" des années antérieures avaient des corps plus naturels, la chirurgie plastique n'était pas passée par là.

Elles gardaient leur abondance de poils, d'incroyables grosses touffes parfois. On aime ou on n'aime pas.

Une grosse touffe donne un aspect sexuel, bestial, qu'une chatte rasée n'a pas. Et c'est moins choquant quand on est un ado.

Que de souvenirs à attendre la scène qui va nous exciter.

Je retrouve sur ce site : https://erotiga.net/a-thousand-and-one-erotic-nights-1982-watch-uncut/ , quelques films que j'avais gardé en mémoire dont celui-ci :

Avancez jusqu'à trente minutes au moins, il y a une scène avec deux jumelles au corps athlétique. Je ne sais pas si ce sont de vraies jumelles perverses, mais elles semblent s'aimer. Une belle scène.

Évidemment, il y a les thèmes classiques : femmes en prison,
femmes au couvent, filles au lycée.

Quelques jolies adolescentes poilues ici :

Quelques vedettes connues : Brigitte Lahaie.

Pourquoi aimons-nous reproduire le monde sous différents formats
et médiums?
Nos ancêtres avaient aussi ce désir. Je pense aux hommes des
cavernes.

Ils étaient plutôt bons. Ils avaient le temps ! On dit l'art des grottes,
l'art pariétal.

Le pochoir : pourquoi se forcer? Faites comme Bansky !

L'air de rien, soixante mille ans plus tard, on arrive aux télés 4K ou 8K, et au spectacle de U2 à Las Vegas en 16K, à l'intérieur et à l'extérieur de La Sphère, immense édifice dont la paroi est constituée d'écrans LED !

Plus vrai que le vrai, on recrée le lever du jour et les gens font "Ah ! Wow!"

Pourtant, en sortant à l'extérieur, il y a le désert du Névada et ses fabuleux paysages...

Je pense que la représentation du monde possède la même fonction que l'art pictural en général, celle de nous faire redécouvrir ou découvrir le monde avec l'étonnement des premières fois.

La représentation redonne à notre regard une sorte de virginité que l'habitude nous fait perdre.

On peut habiter la plus belle des villes, par exemple, mais si on y est né, nous n'avons plus la spontanéité du tourisme qui la voit avec émerveillement pour la première fois.

On me dit : "C'est un partage de la beauté, les couleurs, les lignes et les formes ont un effet psychologique sur le cerveau. J'apprécie particulièrement les photos de la nature...les oiseaux aussi. Parfois, ça nous fait voir des trucs qu'on ne voit pas avec nos yeux (en macro)."

CHANSON D'AMOUR

Je n'aime que toi
Je n'aime que toi

J'aime pas Paris

J'aime pas Lyon

J'aime pas Bordeaux

J'aime pas Marseille

Je n'aime que toi
Je n'aime que toi

J'aime pas Montréal
J'aime pas Laval
J'aime pas Sherbrooke
J'aime pas Roxham

Je n'aime que toi
Je n'aime que toi

J'aime pas New York
J'aime pas Vegas
J'aime pas Detroit
J'aime pas Pittsburgh

Je n'aime que toi
Je n'aime que toi

J'aime pas Alger

J'aime pas Tunis

J'aime pas Dakar

J'aime pas Le Caire

Je n'aime que toi

Je n'aime que toi

CLAIR

 Un jour, le ciel s'ouvrira et tout deviendra clair.

Clair comme le Soleil du matin qui chasse l'obscurité de la nuit.

Clair comme l'eau limpide qui dévale dans la montagne.

Et le chien qui court vers toi avec la langue pendante.

Premier Jour de l'An

 Je devrais prendre l'habitude d'écrire mon journal.

Pour quoi faire?

Le journal aide à nous rappeler les événements, les petites choses qu'on a tendance à oublier.

Et qu'est-ce que la vie si ce n'est pas ce flot continu de pensées et d'impressions, de moments éphémères où l'éternel présent se mue en passé et regarde vers cette autre illusion d'un temps futur?

 Que se passe-t-il le 5 janvier?
Saturne entre dans le signe du Veau d'or et vous aurez plein de sous qui arriveront dans votre compte en banque.

Chaque personne se verra doté d'une somme d'un million de dollars. Tout le monde sera content. Cependant cela créera de l'inflation. Un pain tranché coûtera 200 dollars.

L'idée du revenu universel fait son chemin. Pourquoi ne pas l'appliquer au monde entier? De cette façon, on évitera la migration des pays du tiers-monde vers les pays blanchâtres qui ont si bien réussi. Chaque pays a le droit de préserver sa culture, sauf les pays européens apparemment.

On pourrait me dire : "N'est-ce pas ce qu'essaie de préserver Israël?" Ce pays aux individus sacrés, spéciaux, tellement plus plus que vous! (Ironie.)

Oui, je veux bien, mais est-ce une raison pour devenir les Nouveaux Nazis?

Je conçois parfaitement que les peuples n'arrivent pas à cohabiter sur un même territoire. Par conséquent pourquoi n'ont-ils pas tout fait pour accepter et créer deux États séparés? On sait pourquoi, c'est parce qu'Israël veut tout le territoire et même l'agrandir.

Ici, au Québec, on nous renvoie toujours à notre colonisation du territoire amérindien. Ce n'est pas faux. Toutefois, les Amérindiens ont les mêmes droits civiques que les autres citoyens et même davantage.

Je ne suis pas contre le nationalisme amérindien, mais les différentes tribus devraient ne former qu'un seul pays... s'ils arrivent à s'entendre. Ils ont la même origine : des Asiatiques qui ont traversé le détroit de... Magellan? Je ne suis pas sûr.

D'ailleurs, étaient-ils les premiers occupants de cette terre d'Amérique? Les Scandinaves et même les Aborigènes d'Australie y seraient venus. Les anthropologues auraient découvert près de New York, des squelettes de type morphologique semblables aux

Aborigènes. Ils ressemblent un peu aux gorilles, mais, de nos jours, ils portent des montres Rolex.

La sémillante égérie de la gauche américaine Alexandria Ocasio-Cortez est plutôt distinguée et sexy. Elle est d'origine porto-ricaine.

Muy bien.

 C'est pas la Fête des Rois, un truc de ce genre?
Les Rois Manges, manches... Mages.

Croissant de Lune irréelle. C'est bizarre de penser que c'est un astre dans l'espace. Quel étrange phénomène constitue le monde !

D'après Anna Brown, non dualiste, le monde est à la fois réel et ne l'est pas. On ne comprendra sans doute jamais ce mystère infini que constitue le monde phénoménal.

Peu importe, on aura eu du bon temps.

Pense-t-on à ces choses quand on est heureux et qu'on se promène sur la plage?

J'ai toujours une musique ou une chanson dans la cabeza.
Aujourd'hui c'est Georges D'or, un peu oublié sauf pour La Manic, qui a eu un succès avec "Pour La Musique" : "T'as du Mozart à la maison / Du Mozart en microsillon..."

Ce chien perdu aurait trouvé refuge dans une crèche et on l'aurait adopté. Les humains sont à leur meilleur quand ils sont généreux (tautologie).

Notre conscience a l'âge de notre maturité. Je dirais de 25 à 35 ans.

Je n'ai aucune confiance dans ces vaccins, sauf si Phizer me donne 0,1% de ses profits faits sur le dos, le bras, des gens.

 La Troisième Guerre mondiale n'a pas encore éclaté.
Ça ne saurait tarder.

Nous sommes gouvernés par des imbéciles, surtout aux États-Unis désunis.

Le ciel hier à l'aube était d'un joli bleu. Un avion passait en laissant ses lignes blanches. En fin d'après-midi, le ciel était tout brouillé.

Je ne sais pas si le phénomène de la géo-ingénierie est réelle ou pas.

Comment savoir?

On ne sait plus rien. Ce qui est vrai ou faux.

J'écoute un exposé de Pierre Hillard. Il a étudié la relation entre les sionistes et les nazis et jusqu'en 1941, ils ont travaillé ensemble pour que les Juifs sionistes s'installent en Palestine.

Ils avaient la même conception de "la pureté de la race".

Étrange aussi d'être libre. On l'est un peu quand on est enfant, mais il faut aller l'école.

On est assez insouciant et on a de l'énergie. Cependant, on rencontre déjà des emmerdeurs.

Dans les romans d'Herman Hesse écrits ? en 1940-50? Il avait des passages sur les "bullies". Le phénomène des harceleurs moraux ou physiques (ma traduction de "bullies") existait même avant aujourd'hui.

Quand on est enfant, les adultes n'existent pas. Je me souviens de cette perception. Sauf nos parents évidemment. Quelqu'un de 16 ans est déjà vieux, quand on a huit ans.

L'énergie qu'on a est incroyable. Notre perception du temps n'est pas la même. Le temps semble infini. C'est le temps des possibilités qu'offre les années que nous avons devant nous... Ensuite, le temps se contracte et il nous en reste de moins en moins. Chaque décennie possède une façon particulière de concevoir le temps.

Mais ce qui reste vrai : "Avec le temps, avec le temps va, tout s'en va."

Les travaux de la voirie activent ma sensibilité ASMR qui crée une impression de bien-être, mais c'est assez subtil.

Qui veut dire ASMR ?

L'ASMR, qu'est-ce que c'est ? C'est l'ASMR, pour « autonomous sensory meridian response » en anglais, traduit par « réponse autonome des méridiens sensoriels ». L'ASMR est une réaction proche de l'hypnose. « La personne qui vous chuchote à l'oreille prend soin de vous.

Pourquoi les gens aiment l'ASMR ?

Technique de relaxation composée de sons étranges et de paroles chuchotées, l'ASMR provoque un sentiment de bien-être pour certains, et aide même à mieux dormir, quand elle en horripile d'autres.

Ce ne sont pas forcément des sons doux, plutôt les sons graves dans mon cas.

Fête des Québécois, de Jean-Pierre Ferland. Il va falloir le déterrer pour le fêter en zombie.

Le ressusciter avec une cérémonie vaudou avant...

Anxiété = Peur diffuse = Ne pas être à la hauteur = Ne pas être aimé = Ou refoulement de l'nsconscinent qui s'exprime en symptômes (bizarreries, phobies, comportements sociaux non adaptés.

D'après Wilhem Reich, Freud était désabusé parce qu'il pensait vers la fin qu'on ne pouvait pas guérir complètement la névrose.

Reich est allé vers le physique parce que les refoulements sont comme ancrés dans le corps, d'où les thérapies du style cri primal. John Lennon a essayé cette approche.

À partir d'un même canevas, c'est-à-dire deux yeux, un nez, une bouche, visage, oreilles... la nature arrive à produire une infinité de personnes.

Pour nous, Blancs, chaque Blanc est différent, mais nous n'avons pas la même perception des autres "races". Noirs et Asiatiques semblent tous avoir le même faciès.

Les Asiatiques, souvent très jolies, mais toujours la même ressemblance.

J'imagine que les Noirs et les Asiatiques ont la même perception.

- De la pluie parfois forte est prévue.

De la pluie laissant des quantités de 50 à 70 millimètres est prévue de cette nuit jusqu'à dimanche soir sur le sud et le centre du Québec.

Chapitre 1

Cul. Rue. Fille. Vagabonde. Regards.

Bonjour. Conversation.

Manger.

Appartement.

Nuit.

Douche.

Nue.

Baise.

Chapitre 2

Mineure. Brune.

Police.

Loi.

Travail.

Appartement.

Concubine.

Les ennemis du mondialisme

 Chapitre 2

"Ne pas se laisser enfermer dans une version édulcorée de son infinité..." (Auteur anonyme)

- Nous nous retrouvions souvent à discuter de la société. Nous étions une dizaine, peut-être un peu moins. Nous changions nos pseudonymes à chaque fois, des pseudonymes qui ressemblaient à ceci : H8L00F69DC$$$$*0473. Cependant, entre nous, nous nous appelions Delta Un, Deux, Trois...

Nous étions tous d'accord pour affirmer que l'argent menait le monde, rien de nouveau dans ce constat, mais pourquoi alors nommer démocratie ce qui était en réalité une "argentcratie" d'élites. Toutefois, l'argent ne semblait pas être la seule motivation ; le pouvoir d'influencer les masses avec les idéologies qui accompagnaient les changements que nous déplorions comme la mort des nations, les nations occidentales avant tout, nous paraissait concomitamment aux soubresauts que ces élites cachées provoquaient.

Delta 1 nous raconte son rêve où la race auto-élue travaille pour rester la seule race cosmique. Par conséquent, les mondialistes font tout pour éliminer la Russie, du moins pour être hégémonique.

Nous avions exclu pour le moment l'assassinat ciblé, une marionnette serait forcément remplacé par une autre.

Ce qui serait plus efficace est d'intervenir ponctuellement au moment des grands événements que l'oligarchie programme : les avions ne seraient plus à l'heure, les métros seraient bondés, la circulation deviendrait infernale et, surtout, ce qui relevait de notre expertise, les ordinateurs seraient piratés.

Notre plan diabolique pour reconquérir le monde se mettait en place et en forme.

Chapitre 3

 Qui gouverne le monde?

Était-ce vraiment l'argent?

Il me semblait que c'était en fait la violence qui contrôle le monde. L'État qui dispose du monopole de la violence l'exerce à sa guise par la loi, par l'application de la loi qui peut mener à la prison.

Voilà, nous avions trouvé ce qui mène le monde.

Plus précisément, la violence est la façon dont on maintient obéissantes les masses.

L'argent bien sûr achète ceux qui exercent le pouvoir et ceux-ci utilisent les leviers de l'État pour la répression des récalcitrants.

Devrait-on opposer une contre-violence à la violence officielle comme le pensait les révolutionnaires des années 60 et 70?

Cela ne les a menés nulle part sauf en prison. Certains étaient même noyautés par la CIA, comme elle fait maintenant avec l'État islamique.

Le pouvoir occulte ne peut pas tout planifier, mais il navigue à vue en s'ajustant avec es événements.

La société devient gauchiste? On le subventionne si cela brise les structures sociales et éclate la société en cellules isolées plus facilement contrôlables.

L'OCCIDENT EST MORT

Ainsi parlait Zarathoustra ! Celui-ci a annoncé la mort de Dieu. Nous annonçons maintenant la mort de l'Occident. On joue présentement le dernier épisode. On ne sait pas s'il va se terminer dans l'apocalypse nucléaire ou une Troisième Guerre mondiale classique, ou une pandémie planifiée, ou une guerre civile. ou le démantèlent des États. Il y a plusieurs scénarios comme il y a plusieurs lignes de temps, paraît-il, selon les théories de la physique quantique.

Peut-être que cette mort annoncée est trop précoce. On ne sait jamais comment les sociétés vont évoluer. Mais dans la plupart des pays occidentaux, les citoyens ne sont pas armés, sauf dans la maison-mère du mondialisme. Par conséquent, les révoltes des Blancs sont voués à l'échec. Elles se termineraient soit en prison, soit par la mort, soit par la mutilation comme on l'a vu avec les Gilets Jaunes en France.

Les seules révoltes qui sont permises sont celles des populations immigrées. Ces révoltes ponctuelles et limitées dans le temps permettent de faire peur aux populations d'origine, de diviser les différentes communautés, et de ventiler la rancœur des importés qui viennent souvent de pays instables.

Définissons maintenant ce que sont devenus les sociétés de l'Occident. Celles-ci sont des dictatures molles, on pourrait aussi dire hypocrites (car elles ne disent pas leur nom). Elles sont molles parce qu'il y a une apparence de démocratie, une démocratie de façade. En effet, apparemment les gens votent, les gens ont des droits, il y a des chartes. Élections, pièges à cons! Les partis qui se retrouvent au pouvoir, parfois à gauche, parfois à droite, parfois au centre reconduisent le plus souvent les mêmes politiques et rien ne change vraiment.

Donc, les pays occidentaux sont devenus des dictatures molles avec un semblant de démocratie et elles sont dirigées par des psychopathes parfois sadiques, plus ou moins bienveillants.

Leur sadisme est proportionnel à la puissance du pays. Ainsi, dans les petits pays, il est encore possible de jouir d'une certaine liberté. Je pense à l'Islande, la Norvège, la Suisse, la Nouvelle-Zélande. Il y a une abondance relative. On peut encore y être heureux si on porte des lunettes roses et qu'on ne vit pas dans des zones de non-droits.

Je reviens à la définition des pays occidentaux : des dictatures molles avec une façade démocratique dirigées par des psychopathes sadiques qui travaillent pour des oligarques qui tirent les ficelles. Ces États s'organisent et se maintiennent avec plusieurs mécanismes de répression soit les corps de police, l'armée, les juges, des lois répressives et tatillonnes et ils sont relayés par des médias et des journalistes complaisants. Il y aussi les institutions pédagogiques, de la petite école à l'université.

Les médias et les institutions d'enseignement partagent le plus souvent une orientation idéologique progressive. Les dirigeants psychopathes utilisent la droite et la gauche, mais elle a trouvé dans la gauche une armée d'idiots utiles inspirés du marxisme culturel, ce qui permet d'atomiser la société. Dans les sociétés occidentales, l'individu avec des liens ténus avec sa famille, souvent isolé, devient plus ou moins déséquilibré. L'homme et la femme occidentales ne savent plus qui ils sont vraiment, d'où la consommation d'antidépresseurs ou de drogues, ou des épisodes de rage sourde et incontrôlés.

Tout cela est fascinant si on prend un peu de recul nous vivons dans un roman dystrophique comme "1984" ou "Le Meilleur des Mondes", ou "La Possibilité d'une île". De nombreux films ont illustré ce sujet. Y a-t-il des endroits préservés sur la planète? Les pays asiatiques gardent une certaine homogénéité et un art de vivre. Les habitants de ces pays traditionnels ont gardé de belles valeurs, bien qu'il y ait à la périphérie de ces sociétés des individus inadaptés. D'ailleurs, un pays comme le Japon devrait être très prudent et limité le nombre de touristes et d'étrangers qui veulent fuir l'enfer occidental. Pour résister à la maison-mère du mondialisme, les États-Unis, le Japon devrait chasser de son territoire les troupes américaines, former une alliance avec les autres pays asiatiques et se doter de l'arme nucléaire...

Mais je déborde de mon sujet. Je reviens à la définition des pays occidentaux : Dictatures molles, qui se déploient dans un simulacre de démocratie, dirigées par des psychopathes plus ou moins sadiques, plus ou moins corrompus, pour une oligarchie le plus souvent invisible. Le peuple, plus ou moins soumis, est en bas, tout en bas...

Émule de Baudelaire ou mule qui remue de l'air?

Écrire un poème à la Baudelaire

Plus facile à dire qu'à faire...

Tiens, cela pourrait être le début

Ma modeste contribution, mon tribut.

La barre est haute pour composer sans chagrins

De savantes rimes qui ont créé ses alexandrins :

Le maître possédait une riche culture,

Le monde antique était sa nourriture.

Bon, c'est trop difficile, cher maître !

Sans contredit, je dois le reconnaître,

Vous resterez le plus grand poète

Du dix-neuvième et du vingtième siècle.

Et bien au-delà, les futurs littérateurs

Resteront le cul sur les fleurs

En essayant d'imiter dans leur cahier d'écolier

Vos ta-ta-ta-ta de douze pieds si inspirés.

Maintenant

 Il faudrait pouvoir noter tous les instants dans un grand cahier bleu. Quand on le lirait, on saurait exactement ce qu'on a fait cette journée-là, ce qu'on a pensé.

Ou, au contraire, ne rien retenir et laisser passer tous les moments de la vie qui nous glisse entre les doigts.

La vie est telle si merveilleuse? Non, pas vraiment, elle est très surévaluée! Comme il n'y a que la vie, elle en profite, elle a le monopole!

Maintenant, que'est-ce que maintenant? Le temps n'existe pas. Quand le passé est-il le passé? Il y a deux minutes? Ou cinq minutes? Il y a deux jours ou un jour? On ne peut pas choisir arbitrairement un moment qui serait le passé, et c'est la même situation pour le futur. Seul existe maintenant qui renferme tous les mystères de notre présence au monde.

Remplaçons le temps par l'ego, notre mystérieux moi, et nous en viendrons à la même conclusion que pour le temps : il nous échappe, on ne peut pas l'attraper. Pour l'espace, c'est plus compliqué et le temps et l'espace sont liés : pas d'illusion du temps, sans espace : pas d'espace sans temps.

Cela dit, peut-être que je réfléchis au-dessus de mes capacités conceptuelles.

Antéchrist

 Je te devine.

Je sais ce que tu penses.

Je perçois tes regards courroucés.

Je perçois ta fausse indifférence.

Tes "Lui, je ne veux rien savoir de lui".

Tu as la passion de la détestation. Cela nourrit ton âme.

C'est aussi prenant que l'amour.

C'est trop d'honneur !

Retiens-toi !

Je n'ai pas égorgé de chats. Je n'ai pas fait fumer de crapauds.

Peut-être ai-je arraché quelques ailes de mouche.

J'avoue.

Oui, c'est trop de qualité en négatif que tu me subodores.

Personne n'est aussi sombre.

Personne n'est aussi lumineux non plus, ou rarement.

Il faudra te chercher un autre Antéchrist.

Dommage. J'avais l'intention de te révéler le secret de l'univers.

Ce sera pour une installation d'un autre âge cosmique quand la Terre

se changera en étoile. Que le Soleil deviendra Lune. Que

la Voie lactée sera un trou noir.

LE SAVIEZ-VOUS

 Le saviez-vous?

Il y a plein de kangourous en Australie !

Il y en a des centaines dans les villes et des milliers dans ce que les Australiens appellent le "bush". Ici, je laisse Wikipédia vous en faire la description : *"Le **bush australien** occupe environ 800 000 km2, répartis en deux grandes écorégions de type forêts, bois et broussailles méditerranéens :*

- *Les forêts, bois et broussailles du sud-ouest australien,*
- *Les mallees et bois du sud australien."*

Le rôle des kangourous est de sauter et de cette façon la Terre tourne d'est en ouest.

C'est pourquoi parfois vous avez mal au coeur, quand les kangourous ne sautent pas de façon uniforme.

Les kangourous sont aussi d'excellents boxeurs. Quand Mohamed Ali a essayé de regagné son titre de champion mondial après sa défaite humiliante face à Georges Foreman, il a boxé plusieurs kangourous dont le fameux Skippy, de la populaire émission des années
soixante.

 On se souvient du petit garçon du feuilleton qui avait l'air totalement effrayé avec son animal de compagnie.

Malgré la grande utilité du kangourou, avouons-le, c'est un animal qui respire la bêtise. Son cerveau doit donner dans le 32 kilos-octets, s'il était un ordinateur. Une disquette a plus d'intelligence.

Cela dit, l'Australie est un formidable pays avec ou sans kangourous. J'aime bien aussi Nicole Kidman et Kelly Minogue. Aucune des deux n'est connue comme étant de grandes sauteuses.

Poème explicité, genre.

 J'assigne ton cœur à comparaître

Au tribunal de ma conscience

Le doux fantôme de ton être

Qui glisse en moi dans tous les sens

Tu es toujours l'alpha et l'oméga

De mes errances sentimentales

J'en perds mon esprit, Latina

Belle Andalouse "antipodienne"(1) continentale

Quand j'arrivai en décalage horaire

Les favelas de la Cité blanche (2)

Grouillaient sous un ciel clair

De loin je sentais ta présence

Tu étais à Ezeiza (3)

Aéroport d'Argentina

Pour moi

Et moi pour toi

Toi pour moi

1. "Antipodienne" : mot inventé. Aux antipodes du Québec, c'est-à-dire l'Amérique du Sud.

2. Référence à São Paulo, Brésil, ou San Pablo en espagnol. Seconde ville la plus populeuse, après Mexico, du continent américain.

3. Ezeiza est l'aéroport international en banlieue de Buenos Aires, capitale de l'Argentine.

Métaphore télévision

 Autrefois, je critiquais les programmes de la télévision ; maintenant, je dois composer avec le meuble du téléviseur.

Mais quel est ce mystère absolu qui contient tout : de l'extase à la terreur?

C'est la vie.

La vie qui tricote toutes sortes d'histoires : des histoires pour pleurer et pour rire. C'est un immense chaos qui n'obéit à aucune loi. C'est le non-sens absolu.

Le désert qui entoure Las Vegas est vraiment picturale... Ce serait bien d'utiliser des mots qui existent !

Le ciel va s'ouvrir un jour et tout révélé ses secrets.

En réalité, il n'existe qu'un seul individu. Oui, c'est bien vous! Vous avez été choisi pour incarner l'espèce humaine. Félicitations ! Voici les clefs.

PLACE MOI

 Hier, je sors après le travail, je vais à Place Moi près de la rivière. "Un endroit qui ressemble à la Louisiane, à l'Italie?" - (Nino Ferrer).- Pas vraiment. Le Soleil chauffait bien.

J'ai vu une abeille de vingt kilos. J'ai eu un peu peur.

Si j'ai le temps, et on a presque toujours le temps, j'aimerais photographier les pissenlits en fleurs, quand ils se changent en robes de dentelles et qu'ils s'envolent quand on leur murmure des mots d'amour.

Les photos sont plus belles si le Soleil sourit parce que le ciel est bleu.

Le Droit à la haine

 "Tous les humains sont de ma race", chantatit Gilles Vigneault. Mais d'après Wikipédia, le concept de la race est un faux concept et la race n'existe pas et l'article de Wikipédia donne des raisons politiques pour nier l'évidence.

Ce n'est pas très scientifique tout ça! Pourquoi nier les évidences et les preuves scientifiques? Si on parle des races canines ou félines, c'est qu'on note des différences de morphologie, de poids, de grandeur, de couleur du pelage, etc.

En effet, tous les humains sont de ma race. Un être humain en vaut bien un auitre comme l'écrivait Sartre. Qui suis-je pour décider ce qui doit être ou ne pas être?

Cela dit, ai-je le droit de préférer ceci au lieu de cela? Peut-il y avoir de l'amour, si on refuse son contraire? L'être humain est un être de passion et il y a autant de passion dans l'amour que dans la haine.

Je dirais même que c'es plaisant de détester. Il y aune sorte de passion, d'énergie. On peut se laisser aller avec parfois une certaine mauvaise foi à toute notre passion destructrice qui alimente notre haine pour telle religion, telle personne, tel peuple, tel pays.

Une autre raison de réclamer le droit à la haine est ce désir des gouvernements fascistes qui nous gouvernent de nous censurer sur Internet, quand on manifeste, dans nos maisons, dans nos têtes, dans nos journaux. Au diable, les gouvernements! Et surtout les gouvernements occidentaux, ceus dirigés par des élites mondialistes qui ont tué les nations occidentales, parfois millénaires comme la France, en les noyant démographiquement. C'est un meurtre! Un ethnocide. Des ethnocides. L'Angleterre n'existe plus. Ni la France. Ni la Belgique. Ni le Québec.

Petit catalogue de la haine.

<u>Les pays.</u> Je déteste les États-Unis, soit la maison-mère du mondialisme et du multiculturalisme. Ce sont des psychopathes. Je déteste évidemment Israël, un autre pays de psychopathes. Ensuite. je n'ai jamais bien su ce qu'était la Turquie, eux non plus d'ailleurs. L'Inde a besoin d'un bon lavage! Je n'aime pas l'Afrique, l,Afrique du Nord comme la Saharienne. Les animaux me font peur. Je sauverais peut-être la Tunisie et les Blancs d'Afrique du Sud en leur offrant l'asile politique. Cuba, je ne suis pas sûr. C'est un peu la grenouille qui veut se faire plus grosse que le boeuf. La Pologne, ce sont des cinglés. La Belgique est un pays ridicule, un pseudo pays. Le roi des Belges, on dirait une blague. Je commence à avoir des doutes concernat la France. Les Français sont pas mal responsables de leur malheur. L'Italie, un pays de prétentieux. Tout comme la Tchéquie. L'Allemagne : on leur a coupé les couilles.

<u>Les religions.</u> Je serais tout de suite tenté d'écrire l'islam. Mais les islamophiles font ce qu'ils veulent dans leur pays. Je commence à comprendre qu'en les bombardant comme les États-Unis l'ont fait depuis trente ans, les musulmans puissent devenir légèrement contrarier. Le catholicisme est devenu tellement mou, je ne tire plus sur les ambulances. Le féminisme est une sorte de religion. cette idéologie a ruiné la vie des sexes dans les pays occidentaux, il fait partie du marxisme culturel. Séparer les hommes et les femmes a été le premier pas dans la destruction de notre société.

Bon, voilà un petit résumé de ma pensée profonde.

\o

Les Jeux Olympiques de Paris

Il y a toujours eu une gauche et une droite politique et culturelle. Sans doute que toutes les sociétés transmettent une idéologie, mais, aujourd'hui, celle du marxisme culturel est systématique, omniprésente et imposée à tous. L'inclusion forcée est exclusive. IL faut impérativement aimer les drags queens, les femmes à barbe, la soi-disant diversité qui mène toujours à un Africain (ou à un Asiatique, deuxième choix).

Les sociétés occidentales plus traditionnelles d'autrefois étaient tolérantes et libérales, même si la marge et la minorité n'étaient pas présentées comme une nouvelle norme. Cette norme crée un clivage et ne permet plus à la société de se retrouver au centre, d'où l'éclatement des particularités nationales qui renforcent le mondialisme.

Ce spectacle était, en partie, une caricature et un dénigrement de la France et de son héritage culturel.

DANSE

 La liberté c'est de savoir danser avec ses chaines. Friedrich Nietzsche

Nietzsche (philosophe allemand, - 1844)

Je ne saurais croire qu'en un dieu qui comprendrait la danse.

Dans "Ainsi parlait Zarathoustra"Je considère comme gaspillée toute journée où je n'ai pas dansé.

Il faut avoir une musique en soi pour faire danser le monde.

Je cherche une citation de Nietzsche sur la danse : La liberté c'est de savoir danser avec ses chaines. Friedrich Nietzsche

C'est celle-ci : Je ne saurais croire qu'en un dieu qui comprendrait la danse.

Danser, c'est un talent. je pense à la danse en voyant Kamala Harris qui bouge vraiment bien... cela la qualifie pour la présidence?

On l'a ou pas. Quand tu l'as, tu l'as. Ella, elle l'a (chanson). Pas très fan des chanteurs-ses jazz, outre quelques chansons.

Nina Simone.

What a beautiful world.

"I see friends /They say "How do you do?" /They really say "I love you".

Il faut avoir une musique en soi pour faire danser le monde. Nietzsche encore.

1844-1900. Pourquoi avait-il cette grosse moustache? Une erreur à mon avis... Les moustaches n'ont pas réussi aux Allemands !

La fin du film de Before Sunset, il met un disque de Nina Simone et rate son avion pour rester à Paris avec Céline (Julie Delpy - incurable gauchiste, comme la majorité des Français).

LES ÉTATS-DÉSUNIS

Les États-Unis ont été le pays le plus riche et le plus plus puissant de la Terre surtout après la chute du communisme.

Ce pays avait le mandat de promouvoir l'Occident et sa vision des droits de la personne, ses valeurs d'égalité.

La promotion du mondialisme était en jachère avant la fin de la Seconde Guerre mondiale et la création de l'ONU, mais à partir des années 1970 celle-ci s'est accélérée.

J'accuse les États-Unis d'avoir précipité la mort des nations occidentales et de la race caucasienne en forçant les nations occidentales à accepter l'immigration étrangère à leur culture et le multiculturalisme.

Toutes les guerres que les États-Unis au Moyen-Orient et sur d'autres continents ont entraîné le déplacement de millions de réfugiés qui ont envahi les pays occidentaux qui sont littéralement débordés culturellement et financièrement par un tel afflux.

Le multiculturalisme est une catastrophe pour toutes les sociétés et les États-Unis en sont la preuve flagrante n'ayant pas réussi à intégrer pleinement sa population d'origine africaine.

Une nation peut assimiler un pourcentage limitée d'immigrants qui viennent des autres cultures peu importe leur couleur ou leur origine. Cependant, quand on doit accueillir des communautés, on développe une nation dans une nation, des ghettos ethniques qui, souvent, font bloc et résistent à tout ce qui vient de la majorité. Pour s'assembler, il faut se ressembler.

Cette vision américaine du vivre-ensemble héritée de l'aristocratie britannique est vouée à l'échec.

Notons l'hypocrisie des États-Unis qui appuient inconditionnellement Israël et son nationalisme ethnique mais qui l'interdit à toutes les nations occidentales.

Et cet appui sous forme de bombes et qui encouragent un génocide, un massacre, est amoral. Ces pays racistes ne respectent pas la vie humaine.

Combien de morts les Américains ont-ils sur la conscience depuis la Seconde Guerre mondiale. On me dira moins que le communisme (approximativement 60 millions de morts). Qui était à l'origine du communisme? Qui l'a financé? Toute vérité n'est pas bonne à dire. La Constitution américaine a beau protéger la liberté d'expression, si quelqu'un perd son emploi quand il dit un mot de trop, c'est une liberté virtuelle.

****

 Comment saint Trump, canonisé par ses admirateurs inconditionnels, justifie-t-il le maintien de troupe en Syrie?

C'est simple, les Américains volent leur pétrole !

Donc, j'imagine que si un jour ils ont besoin d'eau douce, ils vont trouver un prétexte guerrier pour envahir le Québec et nous voler nos ressources. Mais non, les Québécois sont tellement soumis à l'Empire du Mal qu'ils vont leur vendre l'eau douce à rabais, comme ils vendent l'électricité à rabais.

Maintenant, ceux qui sont dans la mire de ces Nazis, ce sont les Chinois. Trump, s'il est élu, ira-t-il jusqu'à la guerre? Sinon, on trouvera un prétexte, soit Taiwan, soit la protection des Ouïghours (le site The Grayzone a démontré la fabulation de génocide qu'on veut mettre sur le dos de la Chine), soit autre chose. Cela n'a aucune importance. Et la vie des Chinois n'a aucune importance.

Les Américains après avoir imposé au monde, le libre-échange, il semble que les Chinois ont embarqué dans ce projet. Ils sont devenus prospères parce qu'ils travaillent fort et ils sont brillants. Ils sont devenus trop prospères pour les Yankees ! Ils n'ont pas le droit d'être prospères. Ils n'ont pas le droit d,avoir des villes propres et sécuritaires, tandis que les États-Unis sont un ramassis de ghettos urbains, des villes salles, peuplées de drogués.

Peu importe si une guerre avec la Russie ou les Chinois mèneraient à une guerre nucléaire. Les élites américaines se fichent du petit peuple. D'ailleurs, il y a trop de gens sur la Terre.

****

Pourquoi l'État-qui-nous-la-met-profond n'aime pas papa Trump? Peut-être parce qu'il est moins manipulable? Pourtant, il a fait plaisir au lobby sémite en installant l'ambassade à Jérusalem. De cette façon, les juifs orthodoxes peuvent cracher plus facilement sur l'ambassadeur s'il est catholique, car, paraît-il, qu'ils ont cette coutume charmante de cracher sur les touristes cathos qui visitent là où ils ont crucifié Jésus, ou les Arméniens catholiques qu'ils aimeraient bien expulser de leur terre promise et enfin rebâtir ce fameux temple disco pour accomplir les prophéties... bla bla bla.

Trump était même prêt à attaquer l'Iran. Les militaires lui ont dit : "Es-tu fou, calvaire?" Et ils ont réussi à le calmer. Sinon, lui ou Harris, ou Biden, ou Obama, c'est du pareil au même : tous des criminels de guerre qui bombardent le monde entier, le cas échéant, et se fichent du peuple profond et de l'Occident.

Leur dernière obsession, ce sont ces maudits Chinois, outre les Russes, outre les Palestiniens, outre les Irakiens... ben voyons ! Outre les Syriens, outre les Yéménites, outre les Libyens... Parce que voyez-vous, il y a toujours un peuple exotique à aller massacrer. Ils sont racistes. Non, le fils Bush le disait avant avant d'aller massacrer les Irakiens : "C'est pas beau d'être islamophobe! " Tiens, voici une bombe de 2000 tonnes sur le Hamas financée par l'Oncle Sam qui t'aime. Biden vient de l'affirmer en entrevue, il n'y a personne qui a autant aidé le peuple Palestinien, entre deux bombes, que l'Amérique. Et il n'y a pas plus sioniste que lui ! Il va se retirer à Tel-Aviv. Il les aime tellement ! Il est à peu près le seul dans la région parce que tout autour de l'État sacré d'Israël, tous leurs voisins les détestent. Les dirigeants de ces pays sont souvent achetés pour avoir la paix. De cette façon, leur population qui vivent en dictature plus ou moins molle ne peut pas se révolter et monter faire ce que le peuple élu a fait aux Palestiniens avant de déclarer leur indépendance en 1946, c'est-à-dire des massacres qui ont vidé les villages de leurs habitants à coup de bombes, de mitraillettes et parfois de lance-flammes.

CHANSON de U 2

 Quel est le sens de la chanson With Or Without You "?

"Le refrain "With or without you" (avec ou sans toi) évoque ce sentiment contradictoire d'être déchiré entre le besoin de quelqu'un et le désir d'indépendance ou de liberté. La voix de Bono et la guitare d'Edge créent une ambiance mélancolique, qui renforce le sentiment d'ambiguïté et de tension émotionnelle."
On peut penser aussi qu'il s'adresse à Dieu avec les références bibliques : Vois la pierre placée dans tes yeux / Vois l'épine plantée dans ton flanc. Bien que le "She" interpelle une personne... qui représente aussi une forme d'absolu puisque l'amour est Dieu qui s'incarne dans une personne de chair, une autre référence au Christ incarné.

VISAGES DU MONDE

À partir d'un même canevas, c'est-à-dire deux yeux, un nez, une bouche, visage, oreilles... la nature arrive à produire une infinité de personnes.

Pour nous, Blancs, chaque Blanc est différent, mais nous n'avons pas la même perception des autres "races". Noirs et Asiatiques semblent tous avoir le même faciès.

Les Asiatiques, souvent très jolies, mais toujours la même ressemblance.

J'imagine que les Noirs et les Asiatiques ont la même perception.

- De la pluie parfois forte est prévue.

De la pluie laissant des quantités de 50 à 70 millimètres est prévue de cette nuit jusqu'à dimanche soir sur le sud et le centre du Québec.

Intelligence surnaturelle

Le fin de semaine on se reposât. Car Dieu décréta que c'était bien.

Avec l'Intelligence artificielle on ne saura plus si telle photo est une vraie personne ou pas.

Je tombe sur une talle de photos rétros, ma catégorie préférée du porno. Les grosses touffes et les seins naturels de strip-teaseuses cochonnes des années du burlesque.

Au moins elles avaient de vrais nichons à l'époque quand ils étaient beaux.

Ça me fait penser quand j'allais au camping et il y avait cette femme qui faisait de la danse exotique.

Un prétexte pour s'exhiber.

Je n'en pensais pas grand-chose à 10 ans.

Il y avait aussi ce type, voisin de la maison voisine, un étage plus bas. Il aimait bien s'exhiber le soir. Peut-être pour l'autre madame cochonne du premier?

Impressions 1

 Vu un jeune couple qui jouait à la pétanque. Un truc de vieux mais pourquoi pas.

Je manque quasiment de pisser dans mes culottes en revenant d'une promenade.

Monsieur pisse-minute, c'est moi, mais mon amie dit que son compagnon a les mêmes urgences de vessie.

Le café, chez moi, est diurétique.

Il y avait des eunuques dans les harems. Les Arabes infligeaient à leurs esclaves ce cruel châtiment. Beaucoup en mourraient. Ceux qui survivaient conservaient quand même une forme d'excitation.

C'est tout le corps qui peut vibrer. Pour ceux qui connaissent les chakras.

Infirmières

Quelque chose à dire ?

Non, tout et rien à la fois.

X qui revient de l'Inde. Devenue discrète, depuis son illumination, elle procède à notre élimination. (Jeu de mots.)

Je devrais faire un spécial infirmières.

Venez vous faire soigner dans notre hôpital de charme.

Nos infirmières prendront votre pression qui montera sûrement quand vous verrez leurs uniformes et ce qu'elles ont en dessous.

Avant de vous endormir avec nos somnifères rectales, elles vous feront un strip tease dans votre chambre (pour un léger supplément en plus de la télé).

Bonheur de bonne heure

- Je pensais bonheur circonstanciel et bonheur absolu.

Il y a sûrement des tempéraments plus portés vers le bonheur, ou leur enfance les a rendus d'un naturel joyeux.

Y a-t-il un bonheur qui ne dépend pas des circonstances? Un bonheur sans raison?

Pour Nietzsche, le bonheur allait de soi, on n'avait pas besoin de le chercher.

Je me méfie un peu de Nietzsche, je ne crois pas que sa vie soit si édifiante. Bref, juste des mots. La volonté de puissance. Ça fait nazi. Les satanistes américains ont cette philosophie.

Quand Marylin Manson jouait les subversifs, en fait, le père Bush était totalement dans cette philosophie. On dit que sa femme était peut-être une fille D'Alister (?) Crowley.

Le fils d'Anton Vey, de l'Église satanique, a prétendu voir Bush qui visitait son père.

Le père Bush était à Dallas le jour où JFK a tété assassiné.

Les Bush ont acheté des terres au Paraguay. Leur exil de nazis 3.0 est préparé pour fuir les poursuites réservées aux criminels de guerre.

Parlant de criminels. Ghislaine Maxwell est une belle femme. Que faisait-elle avec ce pourri d'Epstein. Elle travaillait aussi pour le Mossad probablement.

4 Avril 2024

Nous négligeons ce journal, moi et mon avatar.
Comme il y a plusieurs lignes de temps, pensons-nous ce matin,
peut-être que tout existe?

Que de spéculations ! On ne sait rien en fait, avec certitude.

Y a-t-il un karma? On se pose ces questions uniquement parce qu'on pense.

Une autre espèce, avec un autre cerveau, recevrait l'énergie différemment.

J'ai entendu hier que l'anglais aurait deux fois plus de vocabulaire. Il faudrait que je vérifie.

Quoi qu'il en soit, la langue française est la langue avec la plus belle sonorité pour moi, mon avatar.

Qui gouverne le monde? J'ai trouvé ce livre sur Internet. La finance. Mais comment?

Je pense que le sujet fondamental est le monopole de la violence des États.

S'il n'y avait pas la contrainte...

Plus prosaïquement, il me semble que mon infirmière Française a un petit côté sec et autoritaire.

Elle doit être de l'Alsace-Lorraine, pendant longtemps territoire allemand.

Physiquement, pas laide de visage, un peu courte sur patte avec le bas de son corps qui est trop rond... pour rejoindre mes critères.

Un jour : le printemps

 Le printemps et il neige à seau !
Le réchauffement climatique? Mais de qui se moque-t-on, tonton?

Idée d'historiette : L'Homme parfait.

Quand il veut dormir, il ferme les yeux et, trente secondes plus tard,
à peine, peut-être moins, il dort.

S'il veut programmer ses rêves, rien de plus facile. Il y songe et le
rêve se réalise en 4 K ou en 8 K, c'est selon le lieu. Au Japon, ils ont
la 8 K.

Désire-t-il avoir plus d'argent? Il le souhaite et le gouvernement offre
un programme pour que son compte de banque fleurisse.

Il voudrait que cette jolie femme devienne sa petite amie? Rien de
plus facile: aussitôt pensé, aussitôt fait.

Ah! tout devient plus simple en étant parfait !

Il peut aussi réaliser vos rêves les plus fous. Demandez-lui et il vous
initie par une formule magique.

Okus pokus...

- Hey, les filles, cessez d'être aussi belles !

Justement ma voisine semblait s'envoyer en l'air hier soir. Il y avait
quelque chose qui bougeait en cadence... C'était peut-être autre
chose. No sé, José!

KAY PARKER

 Nous apprenons le décès de Kay Parker, 1944-2022.

Un peu en retard parce qu'elle avait son site "spirituel" sur le Web qui donnait à penser qu'elle était encore de ce monde.

Après la porno, elle s'était recyclée avec un discours sur la spiritualité (terme vague) parce que le sexe est l'énergie manifestée au niveau du premier chakra.

Elle avait cette relation particulière avec l'énergie, en redemandant, telle une Messaline des temps modernes.

Ses partenaires étaient tous jeunes et bien membrés, ça ne devait pas lui déplaire.

C'est la série Taboo qui l'a révélée au public, actrice d'Angleterre. Elle jouait une mère indigne qui se tape des jeunes, dont son fils (dans la fiction).

Elle avait la fin trentaine, mais paraissait plus âgée !

Elle était tellement sculpturale que ça passait bien à l'écran.

Elle me rappelle un peu la psy que j'ai consultée il y a longtemps (2001-2003-4?).

J'aime cette scène où elle flashe son fils : Taboo 1.

Vieilles séries de télé

 Essayer de m'endormir sans prendre de substances adjuvantes, "magiques"- somnifère, cannabis -. Il faut calmer la machine à penser, si on y arrive...

Le Pays des Géants, Land of the Giants, série télévisée des années 60? 70? je ne sais pas.

Ces séries étaient bien faites si je compare à ce qu'on appelle série aujourd'hui que je connais mal, mais le peu que j'ai regardé, ce sont des histoires étirées démesurément.

Et je compare le nouveau Star Trek à l'ancien, la vieille série est bien meilleure malgré les décors en studio, les pierres en papier mâché.

Dramatiquement, on est tout de suite plongé dans une action avec le début, le déroulement et son dénouement, une sorte de forme classique théâtrale.

Et les acteurs étaient tous très bons. Parfois, ils devenaient des vedettes au cinéma, comme Steve McQueen qui jouait dans Bonanza.

Ces séries étaient de leur époque évidemment. Pour revenir ai Pays des Géants, l'équipage du vaisseau spatial : un petit gars et son chien, deux jeunes femmes, un membre de la diversité pour la démographie, un trouble-fête pour semer la zizanie, le capitaine et un aide.

Bizarrement on ne sait pas qui couche avec qui ou s'il y a un lien quelconque.

Dans "Perdus dans l'Espace", c'était une famille, le capitaine et sa femme bien mise comme dans les années 60, son fils, sa fille pré-ado, et une plus grande. Le trouble-fête, Monsieur Smith, un déplaisant qui regrette d'avoir voulu se joindre au voyage. Il y a aussi un jeune type qui aide le capitaine... et le robot bien sûr.

La grande fille pourra se reproduire avec l'aide du capitaine?

Et que penser de "Jeannie", I dream of Jenny". Ils forment un genre de couple mais sans copuler. Elle est super sexy et l'astronaute résiste de façon très protestante à tous les biens qu'elle pourrait lui amener.

L'homme des années 60 avait plein de désirs auxquelles il résistait encore pour garder une apparence de bienséance. On pense à John F. Kennedy qui se tapait Marylin Monroe sans que les médias le rapportent.

Barbara Eden, Jenny, quelle beauté !

Ce qui était sexy était de ne pas trop en montrer?

RICHES

 Je me lève tôt.

Hydro nous coupe l'électricité à 8h30.

Politique de pays du tiers-monde.

Le monde est fou.

Maintenant, il faudrait partir en guerre contre Poutine.

Il y a trop de Blancs? On veut encore en tuer plus?

Nos dirigeants sont des cinglés.

Certains disent : "Même riches, ils n'emporteront pas leur argent."

Évidemment, mais quelle est la vie des riches? Vivre dans des châteaux ou des manoirs, décorés d'oeuvres d'art des plus grands peintres et sculpteurs. Être servis du matin jusqu'au soir, je ne pense pas que Jacob Rotschild a souvent fait la vaisselle!

Voyager en première classe ou en jet privé : les meilleurs hôtels, les meilleurs restaurants. Des services de santé toujours disponibles assumés par les meilleurs médecins dans les meilleurs hôpitaux.

Ils deviennent vieux et laids comme tout le monde inévitablement.

Leur argent est placé comme en fiducie, je crois (?).

Honte

 Je regarde un vieux film de Joe Sarno qui s'était spécialisé dans le film érotique mais plutôt "soft".

Il a fait jouer une belle Suédoise dans Inga et une autre dame indigne à la Kay Parker, Jennifer Welles.

Elle aimait le sexe. Les femmes cochonnes d'un certain âge sont les plus déchaînées, elles veulent plaire encore en plus.

Quelques jolies scènes dans Confession of a Young American house wife (titre prétentieux): une cochonne va passer quelque temps chez sa fille qui vit en couple avec un autre couple de libertins, dit "swingers" en english.

La salope, plutôt bien conservée, en profite pour s'envoyer en l'air. Elle semble apprécier le lèche-moi-la-chatte.

11 septembre

 Le 17 février, c'est la Saint-Patrick-Valentin-zinzin.
Je viens de l'inventer.

Je me lève tard.

Hier, durant ma sieste je rêve à Caroline, collègue de travail bien conservée, la plus jolie. Âge difficile à déterminer, 50? Fin 40?
Encore un joli corps, adulescente, des seins généreux, un bon derrière. Charlotte Gainsbourgeois, en mieux.

Je préfère être libre, libre et inutile ! Not desireless, but desirefree, comme disent les "maîtres".

L'attirance, ce sont aussi les tourments.

- Selon, Karen Cassidy, Projet Camelote, il y aurait les chapeaux Noirs, globalistes, satanistes, liés aux reptiliens, le Vatican, les Illuminati, les Nazis en Antarctique, etc. ; et les Blancs dont ferait partie Trump et qui voudraient sauver le monde du totalitarisme, une partie des militaires le suivraient.

Le 11 septembre, les Blancs auraient tiré un missile sur le Pentagone pour arrêter le coup d'État des Noirs.

Photo ici du Pentagone (?). Qui se souvient de cette pauvre femme qui regardait à travers le trou de l'édifice explosé au 120ième étage? Elle allait mourir ce jour-là. Noir c'est noir / il n'y a plus d'espoir. Ce sera tous nous, un jour.

Poètes, vos papiers !

 Que se passe-t-il le 15 février?

Rien, j'espère.

Le ciel est de plus en plus clair, de plus en plus tôt.

L'air de rien, nous serons dans le mois du printemps.

Les deux écueils de la poésie sont l'obscurantisme et la niaiserie.

C'est un genre d'écriture qui n'a plus beaucoup de lecteurs.

Les poètes-pouet-pouet... ont perdu leur lectorat avec Mallarmé et ceux qui ont suivi. Plus personne n'y comprenait le sens.

Le mot même fait un peu ringard : poète.

C'est surtout un art du 19ème siècle qui a culminé avec Baudelaire.

Au 20ème, il y a eu Aragon, Éluard que je ne connais pas vraiment.

Ferré a un peu repris la recette du 19ème siècle.

Depuis, les écrivains de chansons savent de moins en moins bien écrire.

Sexploitation

En ce jour solennel de la Saint-Valentin (?)...

Judith Grodèche qui porte plainte presque trente ans plus tard. Elle habitait avec un vieux réalisateur quand elle avait 14 ans.

J'ai déjà noté que dans le cinéma français, on exploitait les jeunes actrices qui venaient de naître femmes, à peine écloses, pour leur faire tourner des scènes torrides : Valerie Kapriski, Vanessa Paradis, Marie Gelain, etc.

Ce n'est pas mon truc la jeune adolescente, même si elles sont jolies, souvent maigrichonnes aussi.

Par ailleurs, tourner nue est souvent une façon pour les actrices de se faire connaître.

Ensuite, elles peuvent jouer sans devoir forcément se déshabiller.

Bref, ce n'est pas toujours clair, ce qui est exploitation ou exploration du continent de la sensualité.

Hindouisme – Namastéisme

Si on pouvait arrêter le singe qui saute de branche en branche, image hindouiste de la pensée qui ne s'arrête jamais.

Le vide mental, il faut être prêt pour le vivre, sinon on ne sait plus qui on est.

Rêve plutôt psychologique, on me préparait un hamburger comme Kirk Hammet, le guitariste de Metallica.

Que signifie ce rêve? J'ai toujours voulu être le guitariste de Metallica... ??? Hi hi !

Non, pas vraiment !

J'imagine que si on rencontre un maître, on s'enrichit de son expérience.

J'ai demandé à mon amie qui va en Inde le 22 de penser à moi si elle rencontrait un gourou.

Par intrication quantique, je recevrai son énergie.

L'autre jour, j'ai essayé quelques méditations de Claudette Vidal, surtout pour relaxer.

Elle emploie quelques phrases : "Nettoie ce chakra."

Il y aurait 28 chakras. On connaît surtout les sept principaux.

La médiation, c'est un état qui vient spontanément.

Il y a aussi différentes sortes de méditation, les buts recherchés.

Pierre Leret conseille à ceux qui voudraient utiliser un mantra de prendre le nom de quelqu'un ou de quelque chose qu'on aime.

Cela a du sens. J'aime bien "Dieu" parfois.

La méditation peut aussi réveiller l'énergie du premier chakra. Un signe d'éveil spirituel disent certains.

Et cela peut libérer le karma.

Mais les éveillés n'ont plus de karma, dit-on, puisque celui-ci est attaché à l'ego qui est une illusion.

J'ai parfois l'impression que dans ce domaine, on répète souvent des choses lues ou entendues.

Quelle est notre expérience personnelle véritable?

KIA

Une panne d'électricité qui dérange notre routine.

Nous ne sommes plus habitués à la non-civilisation.

Que ferait-on sans électricité?

On ferait autres choses, on se débrouillerait comme on peut.

La jolie Mia Khalifa était en punition pour avoir appuyé Gaza !

Ah ! Le mauvais choix ! Les super puissants sont de l'autre côté en particulier celui qui possède Pornhub et qui est rabbin, sans doute pour pervertir les goyims.

Nous n'avions pas besoin d'un civilisation étrangère pour nous pervertir !

Les lunettes lui vont bien. On ne sait pas pourquoi, cela ajoute quelque chose.

Taylor Riche

 Jour de la marmotte et du SuperBowl. Un milliard de personnes regardent ce truc incompréhensible, le football américain. Moi, non plus !

Des déréglés de l'hypophyse, comme le disait Woody Allen (dans Annie Hall), qui se foncent dessus à toute allure et s'abîment le cerveau. Et on leur donne parfois des millions. Jeux du cirque. The Hunger Games.

À la mi-match, Taylor Swift chantera dans une mise en scène satanique probablement.

Je trouve quelques photos où elle chante dans un clip en collant moulant. On a l'impression qu'elle est nue. Petite coquine !

Avec Kayne West dans un harem imaginaire.

Elle semble avoir un joli derrière. Elle est riche en plus. Et pis après?

Ordi ut orbi

 Ces ordis fonctionnent comme de la merde. La même chose pour Internet.

Je parie qu'il existe de mégas ordis, mais que l'élite réserve pour elle-même.

Qui dirigent le monde? Apparemment ces merdes d'Américains pour les riches qui les contrôlent.

Pourquoi suis-je du côté des méchants? Chine, Russie, etc., parce qu'ils me semblent plus rationnels. La Russie veut-elle conquérir la planète? J'en doute. C'est un jeu de puissance et de contre-puissance, mais les États-Unis le jouent à coup de bombes.

Quand la Chine est devenue dominante économiquement en jouant le jeu du libre-échange, soudainement les États-Unis se mettent à leur chercher des poux, même chose pour la Russie.

Patricia

 Me réveille très tôt.

Bizarre quand on travaille, on souhaite rester coucher quand le réveil sonne, et le contraire on se lève à cinq heures.

On n'a pas le même degré de fatigue à ne rien foutre, il faut le dire.

Anniversaire de Norma qui atteint les 60 ans. Elle veut se réincarner pour fonder une famille.

Je préférerais ne pas me réincarner. Pour recommencer le même cirque? L'école, les devoirs, etc.

Bon, vers la fin, je ne nie pas qu'on s'habitue, on arrive à une sorte de confort où l'angoisse est moins grande.

La vie n'a pas de sens comme tel ou le sens qu'on lui donne. C'est l'acte gratuit par excellence.

Une illusion de toute façon. Je regarde le croissant de Lune du matin. Hier, je regardais le Soleil amoindri par les nuages. Impossible d'imaginer les distances phénoménales qui nous séparent de ces astres.

Autre sujet Patricia Vélasquez.

Elle joue dans le film La Mummie, elle joue l'Égyptienne Auk Sun Num. Belle plante.

Paulina

 J'aime bien Drive du groupe The Cars. La chanson est interprétée par le bassiste et dans le clip c'est Paulina Porizkova qui joue la "paumée".

Pendant le tournage, elle a rencontré le chanteur, mais quand peu avant que celui-ci décède, ils étaient en instance de divorce.

Dommage, ces couples qui ne supportent pas la durée.

Elle est dans la cinquantaine et aime toujours montrer son corps qui est restée assez beau. Son visage a vieilli.

On peut trouver que c'est pathétique ce désir de toujours plaire.

C'est préférable de garder des activités qui soient créatives, si on a le talent pour le faire : peinture, écriture, rénovation d'intérieurs, etc.

103 J'aime bien Drive du groupe The Cars. La chanson est interprétée par le bassiste et dans le clip c'est Paulina Porizkova qui joue la "paumée".

Pendant le tournage, elle a rencontré le chanteur, mais quand peu avant que celui-ci décède, ils étaient en instance de divorce.

Dommage, ces couples qui ne supportent pas la durée.

Elle est dans la cinquantaine et aime toujours montrer son corps qui est restée assez beau. Son visage a vieilli.

On peut trouver que c'est pathétique ce désir de toujours plaire.

C'est préférable de garder des activités qui soient créatives, si on a le talent pour le faire : peinture, écriture, rénovation d'intérieurs, etc.

Dieu

Disons qu'il n'est pas évident.

Il y a comme deux voies : d'une côté, on recherche le sens d'un point de vue intellectuel ; l'autre côté cherche plutôt à s'unir à une forme de transcendance : le nirvana, la Source, Dieu, le paradis extatique, etc.

Un veut combler sa curiosité intellectuelle, c'est le cas des scientifiques, au fond, qui voudraient pouvoir tout expliquer en formules mathématiques ou par une équation physique.

La science recherche une forme d'absolu.

L'autre système est dans la jouissance comme sainte Thérèse d'Avila.

Les gens qui prétendent atteindre l'Éveil ne donnent pas vraiment

la clé du mystère.

Rien

Que se passe-t-il le 30 janvier?

Rien. On achète une serpillière au Supermarché.

Quand on y regarde de plus près le peu de fondement ontologique de l'ego et ses simagrées pour prouver son être sont limpides.

Ce n'est pas à cet endroit qu'il faut justifier son existence. Il n'a rien à justifier d'ailleurs. Un vaut l'autre.

Le nain vaut bien le pape qui vaut bien le chauffeur de bus, entre autres exemples.

Travail

L'avantage du travail est d'apprécier les jours où ne travaille pas.

Ne pas avoir d'obligations outre d'aller au Supermarché pour assurer la continuité du corps.

Il y a des gens qui arrivent à ne pas manger, à ne pas boire, et à vivre du prana qui est l'Énergie vitale.

C'est une sorte de siddhis, j'imagine, un pouvoir que les yoguistes peuvent acquérir ou le signe qu'on a franchi une étape physique comme la montée de la kundalini.

Le maître n'est pas "desirless", il est "desirfree".

On peut être surpris des maîtres qui collectionnent les Rolls Royce comme Rajness.

Ou le maître qui voudrait un rapprochement avec les jolies adeptes.

Encore faut-il être un vrai maître et non un exploiteur.

Janvier qui s'achève à grands pas.

Les hivers sont moins rigoureux.

La Sphère

 Premier jour de travail. On stresse un peu en espérant que tout se passe bien.

Une édition pro du spectacle de U2 à la Sphère de Las Vegas.

En vrai, ce spectacle doit être fantastique, mais il y a ce long moment au milieu où le groupe interprète des morceaux moins rock. Visuellement, il ne se passe rien.

Puis la finale est spectaculaire.

À regarder sur une télé 4K?

X (Twitter) sera plus censuré puisque Musk se fait sermonner par le peuple élu.

Ad Nauseam

Je dois aller chercher un portable au Complexe G.

Ça ne me tente pas. Quel perte de temps.

Quelle synchronicité, une coupure de courant le jour où je dois travailler!

Que décide-t-on vraiment dans la vie?

On ne décide pas de grand-chose. Les événements arrivent.

Moon River. J'ai ce morceau dans la tête tiré du film "Déjeuner à Tiphanny" Avec Audrey Hepburn. Un film qui a une coloration un peu triste, me semble-t-il.

Je n'embarque plus vraiment dans tout ce qui est psychologie de personnage.

Il faudrait deviner les motifs profonds du personnage. Et si c'était du vent?

Les producteurs de films ont beaucoup psychologisé les héros de Marvel par exemple ou de Disney. Comme la formule a fonctionné avec Batman, ils l'ont reprise ad nauseam. (C'est bien l'expression latine, pourquoi le dico le souligne en rouge?)

Yuja Wang

Documentaire sur la sexy pianiste classique Yuja Wang. Elle porte toujours des vêtements très moulants.

Ce n'est pas ce qu'elle porte pour les concerts ! Son jeune corps semble dire : "Baise-moi, j'ai envie de sexe !" Et maintenant, le Deuxième concerto de Rachmaninov...

Macronie

Dans deux mois, ce sera le printemps.

Et pis?

Les hivers sont moins rigoureux. Tant mieux.

Qu'est-ce qu'il y a de mal aux changements climatiques?

Je me suis désabonné de la chaîne qui diffusait le Journal de France 2, obsédé par le climat. Point de vue biaisé sur la guerre au Moyen-Orient.

Je n'aime pas les animateurs et trices qui ont l'air de gravure de mode, surtout lui. Ils sont typiques de la Macronie.

Mais malgré tout je ne déteste pas la bourgeois, Anne-Sophie Lapix, une assez belle plante. Elle est plutôt redoutable comme journaliste, elle ne laisse pas l'interlocuteur s'en tirer avec un sourire un peu sadique.

Les paparazzis l'ont immortalisée. Elle n'est pas mal foutue.

Ce n'est pas non plus la huitième merveille du monde, qui l'est?

Avec quel personnage historique aimerais-tu discuter?

Bouddha, pour qu'il m'éveille instantanément par résonance harmonique sympathique basée sur la similarité des atomes ioniques et des concordances karmiques.

Jésus.

Marie, la Vierge, à vingt ans.

Bach, Mozart, Dali.

Je ne parlerais pas forcément, juste pour profiter de leur aura.

Je me réveille un peu tard que les autres jours.

Plus que deux mois et deux jours avant le printemps. Vite !

Charlotte Gainsbourrée

Je m'interrogeais sur le sens de cette chanson, "I'm not in Love", par 10CC.
Ironique, évidemment. Le type est amoureux et ne veut pas l'admettre? Ou son amie l'a quitté et il est triste sans vouloir l'admettre, ce que pourrait suggérer le "Be quiet, big boys don't cry". Que de questions inutiles.

Rêves où j'étais le héros, Américain perdu dans un pays asiatique, en danger de mort parce qu'étranger, mais j'allais être sauvé parce qu'Américain.
Je suis à la fois le héros et détaché de mes rêves. Je les change en cours de route.
Quelle est la différence entre le rêve endormi et le rêve de la réalité? Dans ce qu'on nomme "réalité", le personnage est constant et les lois de la physique sont respectées.

Hier, pendant la sieste, un rêve fantastique où j'avais l'impression que j'allais m'éveiller dans le sens de l'Éveil spirituel que j'espère connaître avant de mourir. Pour savoir, pour comprendre, pour percer le mur de l'illusion... Bla bla.
J'ai parfois des sensations dans les rêves que je n'ai pas dans la réalité, pour le sexe par exemple. C'est beaucoup plus intense en rêves. En général, je m'éveille si je suis sur le point d'atteindre le méga orgasme.
Le sexe est cependant une sorte de faux infini, une fausse extase. C'est plus décevant qu'autre chose. Je ne sais pas pour les femmes, mais on a la sensation de perdre de l'énergie en éjaculant. D'où le tantrisme qui recommande de ne pas aller jusq'au bout, si on le peut.

J'ai vu l'autre jour la scène non censurée de Nymphomania avce Charlotte Gainsbourg qui se fait prendre en double par des deux nègres... Ce mythe des Africains qui sont surpuissants.

Le moins qu'on puisse dire, c'est qu'elle n'a pas froid aux yeux. Ses enfants se faisaient agacer par leurs camarades qui l'ont traitée de biscuit Oréo.
Son époux, Yvan Attal, réalisateur de "Ma femme est une actrice", a l'esprit ouvert aussi. Ou les deux sont tordus mentalement. Tout dépend où on met le curseur moral.

Troisième Guerre mondiale

On se dirige tranquillement vers une Troisième Guerre mondiale?

Ce ne serait pas surprenant. Nous sommes gouvernés par des fous.

En gros, les États-Unis d'Israël tirent les ficelles.

Le monde ressemble à un mauvais film de science-fiction.

D'après Richard Glenn, la date fatidique est le 24 février... Il a dit la même chose l'an passé.

Quels seraient les deux autres épisodes de mon film érotique?

1) Les Soeurs en folie ;

2) La tante dégourdie. En visite chez sa soeur, elle profite de l'occasion pour plaire au fils de sa soeur qui a maintenant 20 ans. On grandit vite. Elle se promène en baby-doll transparent. On n'a pas fait mieux comme vêtements affriolants ;

3) L'épisode avec la participation de Jamie Lee Curtis en vedette internationale. Ça commence dans une école pour filles. Un prétexte à des scènes osées : dortoir, douches (le classique). Ensuite, JLC s'enfuit et elle devient strip-teaseuse dans un club de lesbiennes.

Séries

J'ai rêvé que j'étais comme au travail, avec la même patronne, mais c'était une sorte de classe. Je devais remettre un travail, mais je ne le trouvais pas. Plus tôt, je cherchais du papier ou une tablette mais impossible d'en trouver.

En un mot, je cherche et je ne trouve pas résume le thème de ce rêve. Comme la vie qui me semble demeurer un mystère absolu.

Idée pour une nouvelle salée : Une religieuse d'un monastère cloîtré qui a réussi son internat et est devenue une cloîtrée à part entière est soudainement prise par un comportement qui lui échappe. Elle se lève la nuit apparemment en proie au somnambulisme. Elle retire ses vêtements de la nuit et totalement nue elle va ici et là. Son corps est magnifique, encore dans la vingtaine, et elle trouble tout le monastère leur rappelant ce à quoi elles ont renoncées... scènes complaisantes.

Un bon scénario pour un film érotique dans le style de Tito Brass (la bonne épellation?), le réalisateur italien de films du genre.

J'imagine plutôt un film à épisodes en trois parties comme on en faisait autrefois. Si je réalisais des films, j'irais dans ce genre. Pour les deux autres parties, j'imagine un scénario avec Jamie Lee Curtis, à sa belle époque (vois plus bas).

"Cleopatra was not Black, Egypt tells Netflix ahead of new series"

Le révisionnisme idiot de notre époque. Je n'aime pas les "séries", genre à la mode. Les histoires sont étirées. Les vieilles séries avaient une qualité dramatique plus grande.

On compare le vieux Start Trek avec les nouvelles versions. Dans la vieille série, on arrivait tout de suite au noeud de l'intrigue. Il y avait de l'action même dans les décors de studio d'un réalisme minimal, ces histoires étaient plus convaincantes.

Miroirs

"Pourquoi les miroirs ne sont pas Feng Shui?

Posséder des miroirs fêlés, cassés, ternis ou sous forme de petits carreaux, car ils ont tendance à capter les mauvaises vibrations et à nuire au moral des occupants des lieux où ils se trouvent."

C'est un peu de la pensée magique, non?

Les Chinois doivent avoir de ces restes de superstition. Leur philosophie n'est pas évidente, C'est une civilisation. Ils n'ont pas besoin de nous et c'est très bien.

En revanche, ils savent apprécier la nôtre comme le prouve Lang Lang et d'autres musiciens qui interprètent de la musique occidentale.

Nous allons vivre dans un monde multipolaire. C'est très bien. Moi, ça ne me dérange absolument pas. Que les Indiens, que les Chinois, les Asiatiques en général, les Russes et même les pays musulmans, prennent les devants et deviennent dominants économiquement, grand bien leur fasse !

Il n'y a que les États-Unis (l'Empire du Mal) qui sont contrariés de perdre leur puissance.

Moins riches, nous allons moins attirer d'immigrants. Nous allons davantage rester entre nous et développer notre originalité. D'ailleurs, il n'est pas forcément inévitable que nous soyons moins riches puisque, dans le passé, nous avons fait preuve d'une grande créativité dans tous les domaines.

Nous avons peut-être encore une avance dans le domaine de l'Intelligence artificielle. Quand je dis nous, ce sont plutôt les grandes corporations comme Google, Microsoft, Bezos, etc.

- Parlant de créativité, je néglige peut-être la publication de mes livres, ou la republication (voir plus bas).

Je pense moins à ma prospérité post-mortelle.

En voilà une illusion ! Que reste-t-il des individus après 100 ans? Presque rien. Après 1000 ou 2000 ans? Quelques grands noms de personnages illustres. On peut remonter jusqu'aux Égyptiens mais au-delà? Que nenni ! Que dalle! Rien. Niet.

Rêves

Je me lève un peu tard. La fin du monde n'est pas encore arrivée, donc je continue...

Rêve profond où je reviens dans le passé avec toutes les impressions d'un moment particulier, les émotions.

À un moment, mes parents sont là comme pour me dire : "Nous avons toujours été là".

On peut être injuste envers ces parents pendant longtemps, ensuite on devient adulte et on comprend qu'ils étaient de bonnes personnes qui faisaient de leur mieux selon leur propre éducation et avec les limites de leur propre psychologie et essayant de composer avec les problèmes de la vie.

Quand quelque chose a été mal vécue, l'ego, qui est au fond notre mémoire, nous y ramène comme pour essayer de le revivre en mieux, comme pour essayer de nous en débarrasser.

N'est-ce pas ce que la Scientologie appelle les "engrammes"?

Qui sait? Tom Cruise a peut-être trouvé le truc! D'ailleurs, ça ne va pas trop mal pour lui ! Je ne comprends pas qu'on le lui reproche, genre, d'appartenir à ce mouvement. Ça le regarde.

Kissinger

Ça me rappelle quand j'y suis allé, en bus. Un jeune qui était d'un abord facile. C'est souvent comme ça ailleurs que dans les grandes villes, les gens gardent un côté humain et ils disent bonjour aux inconnus.

Même chose en Argentine quand j'y suis allé faire un tour en 2002.

Le tiers des Argentins vivent dans la grande capitale. Il y a encore des coins préservés.. mais il ne faut pas le dire !

Les Bush ont leurs terres au Paraguay, petit pays qui est au-dessus de l'Argentine. Les salauds !

Les salauds s'en tirent toujours ou presque. Il n'y a pas de justice. Je parie que les criminels de guerre qui s'agitent présentement en Palestine vont tous s'en tirer. Et ceux des États-Unis qui ont tué des millions de personnes en Afghanistan, en Irak, et autrefois au Vietnam, au Cambodge... Kissinger est mort à 100 ans.